Nino
Puzle

Directora de la colección: Mª José Gómez-Navarro

Coordinación editorial: Juan Nieto

Dirección de arte: Departamento de imagen y diseño GELV

Cuarta edición: marzo 2008

Traducción: Frank Schleper

Título original: *The Case of the Christmas Snowman*
Publicado por primera vez por Scholastic Inc.
© Del texto: James Preller
© De las ilustraciones: Peter Nieländer
© De esta edición: Editorial Luis Vives, 2005
  Carretera de Madrid, km. 315,700
  50012 Zaragoza
  teléfono: 913 344 883
  www.edelvives.es

ISBN: 978-84-263-5648-2
Depósito legal: Z. 715-08

Talleres Gráficos Edelvives (50012 Zaragoza)
Certificados ISO 9001
Printed in Spain

Nino Puzle

La moneda desaparecida

James Preller

Ilustraciones:
Peter Nieländer

EDELVIVES

Para Nicholas

Índice

1. La moneda
desaparecida

Miré el reloj. Eran las tres y cincuenta y un minutos. Habían pasado exactamente dos minutos desde la última vez que me fijé en la hora. Lucía llevaba ya veintiún minutos de retraso. Hay días que el tiempo vuela. Otros, sin embargo, se arrastra como un caracol. Hoy era uno de ésos. ¡Qué desesperación!

Estaba en mi oficina de invierno, en un rincón del sótano. Mi oficina normal, la de la casa del árbol, estaba cerrada por «fin de temporada». Hacía demasiado frío y no tenía calefacción.

Afortunadamente, a mis padres no les importaba nada que me instalara aquí abajo.

No era exactamente un paraíso, pero tampoco estaba tan mal. Tenía mi mesa y, en la pared, a mis espaldas, un letrero que decía:

Nino Puzle,
detective privado

Lo había hecho yo solito.

Me tomé otro vaso de mosto. Y seguí esperando.

Ahora el reloj marcaba las tres y cincuenta y dos minutos.

En nuestra casa no hace falta ningún timbre. Nuestro perro, que se llama *Trapo* y es enorme, ya se encarga de avisarnos. Cuando empezó a ladrar, supe que Lucía estaba llegando.

—¡Paulino!... em... Quiero decir, ¡Puzle! —gritó mi madre—. ¡Tienes visita!

—¿Está Puzle en el sótano? —oí una voz a
lo lejos.

Vi un par de botas de un color rojo chillón
bajar por la escalera. Y descubrí que aquellas
botas pertencían a Lucía.

Ella se sentó en la silla que estaba enfrente
de mi mesa. Tenía el pelo negro y
rizado, y unos enormes ojos ma-
rrones.

—¿Te apetece un mosto?
—le ofrecí.

—No, gracias —contestó
educadamente.

Durante un segundo vi sus
dientes blancos y perfectos. Pero
la sonrisa desapareció enseguida.

—Me han dicho que eres el
mejor detective de tercero —dijo
Lucía yendo directamente al
grano.

Yo no lo iba a negar, claro.

—Tengo un problema que
me preocupa —continuó,
mordiéndose el labio.

—«Por un euro al día te resuelvo la vida» —le respondí utilizando mi lema.

Lucía puso el dinero sobre la mesa. Me quedé boquiabierto. Vi la imagen gris de un acueducto romano, como el que hay en Segovia.

—¡Son cinco euros! —exclamé.

—Si me sacas de este apuro —dijo Lucía—, valdrá la pena.

Abrí mi diario de detective y busqué una hoja en blanco. Estaba echando de menos a mi socia, Mila. En ese momento estaba en clase de música. Me vi obligado a empezar yo solo.

—Soy todo oídos.

—Vale, escucha: el viernes pasado llevé al cole una moneda de la colección de mi padre —dijo Lucía hablando muy deprisa—. Era antigua, de cincuenta céntimos de peseta. Vale mucho dinero.

—¡A ver si acierto! —la interrumpí—. ¡Ha desaparecido!

Lucía asintió
con un movimiento
de la cabeza
mirándome con
preocupación. Iba a
darle un
paquete de
pañuelos
de papel,
pero me di
cuenta de
que tenía los
ojos secos.
Lucía no es
del tipo de chicas
que se pone
a llorar fácilmente.

—Bueno, durante el recreo se la enseñé a Pedro. Estaba haciendo un muñeco de nieve. ¿Sabes? Aquel muñeco enorme que está cerca del gimnasio. Le encantó la moneda.

Dijo que le molaba cantidad. Me pidió que se la dejara. Así que se la presté.

Lucía hizo una pausa.

—Ahora Pedro dice que no sabe dónde está.

Me quedé pasmado.

—¿Por qué diablos le tuviste que dar la moneda precisamente a Pedro?

Lucía se puso colorada.

—No lo sé —dijo mirando al suelo.

Pensé durante un instante y se me ocurrió una pregunta.

—¿Crees que Pedro dice la verdad?

Lucía levantó la cabeza para mirarme. Ahora sus ojos sí que parecían estar vidriosos y húmedos. Al final iba a necesitar los pañuelos.

Cuando se marchó, saqué los rotuladores de colores.

Escribí en el diario:

Sospechoso

Lo subrayé en rojo.
Luego escribí un nombre:

Pedro

Sabía que no iba a ser un caso fácil.
Cuando se trata de Pedro, nada es fácil.

2. Un mensaje para Mila

Escribí un mensaje a Mila. Lo codifiqué. *Trapo* no me quitaba ojo mientras lo escribía, pero eso no me preocupó. *Trapo* no sabe leer. A decir verdad, no sabe hacer casi nada. Nada que no sea dormir ladrar o babear. Babear es su gran especialidad. Como dice siempre mi padre, es posible que *Trapo* sea un desastre. ¡Pero es nuestro desastre! Así que lo queremos tal cual.

Si quieres ser detective, debes saber codificar mensajes. Forma parte de nuestro trabajo. Tengo un libro que se llama *Trucos para detectives*. Con este libro Mila y yo aprendimos a escribir al revés.

Copie el mensaje en una hoja. Hasta ahí fue fácil. Luego le di la vuelta y le pegué otra hoja encima, con cinta adhesiva. Puse las dos juntas contra una ventana, y copié el mensaje en la segunda hoja. Sólo tuve que quitar la primera para tener mi mensaje escrito al revés. Para leerlo, bastaba con ponerlo delante de un espejo. El mensaje decía lo siguiente:

Mila : un caso nuevo.

Nos vemos en el autobús.

Destruye este mensaje.

Puzle

—¡A cenar! —me pegó un grito mi padre.

—¿Ya? —pregunté—. Tengo que pasar un mensaje a Mila.

Mi padre soltó un bufido y miró el reloj.

—De acuerdo, colega, ¡pero volando! ¡Ve a su casa y vuelve lo más rápido que puedas!

Mila no sólo era mi socia, sino que además era mi mejor amiga. Me ayudaba con todos los casos importantes. Le pagaba cincuenta céntimos al día.

Tardé más en ponerme toda la ropa de abrigo para salir a la calle que en llegar a su casa. Es lo que tiene el invierno. Te pasas la

mitad del día poniéndote la bufanda, el gorro, las botas y los guantes. Y te pasas la otra mitad quitándotelo todo. Supongo que siempre será mejor que convertirte en un bloque de hielo. Fuera como fuese, fui corriendo a casa de Mila, le di el mensaje y volví a tiempo para quejarme de las ham-burguesas.

En mi familia somos cinco

hermanos, cuatro chicos y una chica. Soy el más pequeño de todos. Luego están mis padres y mi abuela, que hace un par de años se vino a vivir con nosotros.

Decían que era demasiado mayor como para vivir sola. A mí me pareció estupendo. Siempre me da caramelos.

La cena fue un verdadero caos, como siempre. Todo el mundo hablaba a la vez o comía deprisa y corriendo porque tenía que ir a no sé dónde. Mi padre dice siempre que hay más ruido que en una bolera. Pero en realidad, le da igual. A veces, se queda sonriendo y mirándonos gritar a todos. Lo llama «un ruido alegre».

Nunca he entendido del todo qué quiere decir con eso.

Normalmente hago los deberes después de cenar. Mi profesora, la seño Margarita, ha inventado una cosa que llama «Lecturamanía».

Se ha propuesto que a todos nos entren más ganas de leer libros. Si leemos un libro de la biblioteca durante quince minutos al día, nos da una pegatina. Y si consigues reunir cien pegatinas, la seño te invita al helado que tú prefieras.

Yo ya tengo cincuenta y tres pegatinas. Y

ya le he dicho a la seño que mi sabor preferido es el de chocolate.

A veces, después de los deberes, veo la tele, o hago un puzle, o le tomo el pelo a mi hermana, o espío a mis hermanos. Esta noche, sin embargo, no tenía tiempo para nada de eso. Sólo para pensar en el caso.

Lástima que primero tuviera que fregar los platos de la cena.

3. El muñeco de nieve

Al día siguiente, me encontré con Mila en la parada del autobús. La parada está justo delante de su casa.

Mila salió por la puerta cantando *Los peces en el río.* Bueno, no exactamente. La música era la de *Los peces en el río,* pero Mila le había cambiado la letra, como siempre:

> *Pero mira cómo ríe*
> *el muñeco de nieve,*
> *pero mira cómo ríe*
> *con sus blancos dientes.*
> *Ríe y ríe y vuelve a reír,*
> *el muñeco de nieve*
> *se ríe muy feliz.*

Nos sentamos juntos en la parte de atrás del autobús. Mila se pasó el dedo por la nariz. Era nuestra señal secreta. Significaba que había leído el mensaje.

—¿De qué va el caso? —preguntó.

Le hablé de la visita de Lucía y de la moneda desaparecida. Y de Pedro.

Mila se cruzó de brazos y empezó a balancearse hacia delante y hacia atrás. Después de un rato, dijo:

—Vamos a hablar con Pedro.

No dije nada, pero sabía que Mila tenía razón. Teníamos que hablar con él. No había otra solución. Pero mentiría si dijera que eso me hacía alguna gracia. Y es que la última vez que vi a Pedro me tiró una bola de nieve. Y me dio de lleno en toda la espalda.

Con Pedro siempre teníamos problemas. No hacía mucho, había soltado los hámsters que teníamos en el aula. A la seño Margarita le dijo que había sido sin querer, pero yo no le creí.

Una vez, en carnavales, en el comedor del cole, Pedro se manchó la camiseta de ketchup. Lo hizo adrede para que pareciese sangre. Luego se tiró al suelo e hizo ruidos extraños, como si tuviese una herida. ¡Así es Pedro!

El autobús paró delante del colegio. Mila señaló el patio del recreo.

—Mira —dijo—. Allí está nuestro principal sospechoso.

Pedro estaba solo, trabajando en su muñeco de nieve. Mila y yo fuimos hacia él cruzando el patio nevado. Pedro era el chico más alto y más bruto de toda la clase. Me di cuenta de que llevaba puesto un plumas mal abrochado que parecía ser muy nuevo.

—Vaya, aquí viene el gran detective Nino Puzle —dijo—. ¿Qué tal la espalda?

—Regular —respondí.

—¿No se lo vas a decir a nadie, verdad? —me preguntó preocupado, de repente.

—No soy ningún chivato.

—Fue sin querer.

—¡Ya! Y por eso gritaste «¡en el blanco!», ¿no?

—Mira, Puzle —dijo Pedro—. No era nada personal. Lo que pasa es que, si hay nieve, tengo que hacer bolas. Y si hago bolas, las tengo que tirar. No fue culpa mía que fueses un blanco tan perfecto.

¡Lo que me faltaba!

—¿Qué estás haciendo? —preguntó Mila mirando el muñeco de nieve.

La cara de Pedro resplandeció con una amplia sonrisa.

—¿A que es el mejor muñeco de nieve que se ha hecho nunca?

—Es grande —respondió Mila.

—No habéis visto nada aún —dijo Pedro haciendo una mueca—. Llevo tres días con esto. Va a ser el mejor muñeco de nieve de todos los tiempos.

—Por cierto, Pedro —dijo Mila—. Tenemos que hacerte unas preguntas.

—¿Ah, sí? ¿Sobre qué?

—Sobre Lucía —contestó Mila—. Y sobre una moneda desaparecida.

Pedro miró al suelo. Aplastó una bola de nieve con el pie.

—La he perdido —dijo—. Fue sin querer.

—«Sin querer» —repetí—. ¡Me suena!

¡No debería haber dicho eso!

Pedro frunció el ceño. Me agarró muy fuerte un hombro. Su mano parecía la zarpa de un oso.

—¿Qué quieres decir? —bufó—. ¿Me estás llamando mentiroso?

Le estaba mirando directamente a los ojos.

Bueno, en realidad le estaba mirando más bien el cuello. Pero no me eché para atrás.

—Mira, Pedro —dije tratando de tranquilizarle—. No te enfades. No te estoy llamando nada malo. Soy detective, sólo hago preguntas.

«¡Rrrrring!»

—El timbre —dijo Mila—. Será mejor que entremos a clase.

4. Ganas de fiesta

En el aula 201 había más movimiento que en un hormiguero. Todo el mundo estaba nervioso por la fiesta del viernes. Era el último día de clase antes de Navidad. Íbamos a hacernos un regalo sorpresa y a celebrar un concurso de talentos. Algunos ya habían dejado su regalo en una gran bolsa que había puesto la seño Margarita al lado de su mesa. El viernes se repartirían, uno para cada uno de nosotros.

La semana pasada, la seño llevó una gorra para que metiéramos un papelito con nuestro nombre. Después, todos tuvimos que sacar uno para saber a quién teníamos que hacer el regalo.

La seño dijo que tenía que ser un libro, el que quisiéramos. Me pareció una idea estupenda. Me encantan los libros. Bueno, casi todos.

La seño Margarita es alta y tiene el pelo corto. Algunos compañeros de clase dicen que es pelirroja. Otros, que tiene el pelo castaño. A mí me recuerda al color de las hojas en otoño. El caso es que la seño Margarita es la mejor profesora del colegio. Y me parece guapísima.

Todos tenemos encomendada una tarea especial en la preparación de la fiesta. A mí me toca llevar servilletas. Ya le he dicho a mi madre que compre unas bonitas, con dibujos de Spiderman o de *La guerra de las galaxias*. La seño dijo que iba a encargar pizzas para toda la clase. Cuando nos enteramos, todo el mundo aplaudió con excepción de Rafa. El pobre es alérgico al queso.

Estábamos tan nerviosos que éramos incapaces de estudiar. La seño dijo que parecía que teníamos la cabeza en otra parte. Y añadió:

—Tan cerca de las vacaciones es imposible trabajar. Así que esta semana vamos a tomarnos las cosas con tranquilidad.

Luego, nos dejó quedarnos más tiempo en el recreo. En el patio, todo el mundo empezó a hablar del concurso. Mila dijo que iba a cantar. José que ibaa hacer una exhibición de llaves de kárate. Paqui y Soraya querían presentar un teatrillo de marionetas. Incluso Pedro comentó que él también tenía una sorpresa.

Yo no dije nada. ¿Para qué molestarme? Todos sabían hacer bien alguna cosa, menos yo. No se me ocurría nada de nada.

Después del recreo, estábamos dedicando una hora en clase a contar cómo celebrábamos la Navidad con nuestras familias. Cada día tocaba a cuatro niños diferentes.

—Tengo muchas ganas de oír vuestras historias —dijo la seño—. Al ser distintas, podremos comparar las costumbres de unos y de otros, y aprender de todos.

Aunque también podíamos hablar sobre cualquier otra fiesta que se celebrara en invierno. Empezó Verónica hablando de la Navidad y del Niño Jesús. Luego le tocó a Vina. Sus padres son de la India. Allí, al principio del invierno, se celebra el *Diwali,* la fiesta de las luces. Suena bastante bien, pero hay un pequeño inconveniente: hay que limpiar mucho.

Vina había traído una lámpara de barro llamada *dipa.* La dibujé en mi diario.

Después fue el turno de Silvia. Había nacido en Suecia.

—En Suecia las fiestas empiezan el 13 de

diciembre, día de santa Lucía. Ese mismo día, la chica que es la «reina de las luces» se pone sobre la cabeza una corona de hojas de arándanos con velas encendidas. Y va por todas las casas, acompañada por otras chicas que son como sus doncellas de honor y que llevan estrellas en la mano. Cantan villancicos y la gente les da regalos.

»También está el *Julklapp*. En este caso, los regalos se tiran desde la puerta al salón donde se celebra la fiesta. Pero primero hay que llamar a la puerta con fuerza y gritar «*julklapp, julklapp*».

La última en contar fue Mila. Puse más atención que nunca.

—El año pasado hicimos algo distinto en mi casa —dijo—. Fuimos a una tienda y com-

pramos un juguete, pero no podíamos abrir el paquete. Luego, lo llevamos a la iglesia y lo dejamos allí, junto a otros juguetes que ya no me gustaban, para la campaña «Ningún niño sin juguetes». ¡Y eso es todo!

—Eso es muy bonito —dijo la seño—. ¿Y qué te pareció regalar un juguete nuevo?

—Al principio cuesta. Pero luego me gustó. Alicia, mi madrastra, dice que es muy importante ayudar a los demás. Especialmente en Navidad. Y creo que tiene razón.

La seño Margarita le puso la mano en el hombro. Dio las gracias a los cuatro por sus relatos. Y al resto de la clase nos agradeció también haber escuchado con tanta atención.

Después, tocaba Matemáticas.

Me gustó el problema que hicimos porque era como un caso para un detective. Se titulaba «Los números del bedel». Decía:

El bedel del colegio, el señor Pérez, tiene mucho trabajo. Debe pintar los números en las puertas de las aulas. Sus números preferidos son el uno, el dos y el tres. Escribe seis números de tres cifras combinándolos de forma diferente.

Esta parte era muy fácil. Escribí deprisa la respuesta. Bueno, me confundí dos veces:

123, 231, 312, ~~231~~, 213, 321, ~~123~~, 132.

Luego había que responder a la pregunta:

¿Cuál es el número preferido del señor Pérez?

Teníamos dos pistas.

Pista 1ª : la cifra más alta está en el lugar de las decenas.

Pista 2ª : la cifra más pequeña está en el lugar de las centenas.

Escribí rápidamente la solución: 132

Ojalá las matemáticas fueran siempre tan divertidas. Me sentí como un auténtico detective. Además, el problema me hizo pensar en el bedel de nuestro cole, el señor Martínez. A mí me cae muy bien porque es muy simpático. Todo el mundo lo llama «el bueno del señor Martínez». Y parece que esto le gusta.

Observé que Mila pasaba mucho rato hablando con Lucía, que parecía seguir estando triste por lo de la moneda desaparecida. De repente, se me ocurrió una solución. Había una tienda de monedas en la ciudad. Sólo tenía que ir allí y comprar una igual.

Al fin y al cabo, ¿cuánto podría valer una moneda de cincuenta céntimos de peseta?

5. Numismática Sánchez

Mi hermano Jaime me llevó en coche a la tienda de monedas del señor Sánchez. Menos mal que acababa de sacarse el carné, porque no desaprovechaba una ocasión de conducir el coche de mamá.

—¿Entras conmigo? —le pregunté.

—No, paso. Voy a dar una vuelta. ¿Cuánto vas a tardar?

—No sé. Unos veinte minutos.

—Pues veinte minutos tendrás, Puzle —dijo, y aceleró con ganas.

Cuando abrí la puerta de la tienda, sonó una campanilla. Un hombre sentado detrás de un mostrador acristalado levantó la vista de un libro muy gordo para mirarme. Me saludó con la cabeza y volvió a la lectura. Sobre el mostrador había un bocadillo a medio comer. Supuse que aquel hombre era el señor Sánchez en persona.

Había una luz tenue.

Las paredes estaban repletas de vitrinas con monedas. En el suelo se apilaban montones de cajitas de cartón. El sitio tenía un olor muy extraño, como a cebollas. La tienda de monedas del señor Sánchez no se parecía mucho a una tienda normal, sino más bien a un garaje desordenado.

—¿En qué puedo ayudarte, chaval?

—Quisiera comprar una moneda de cincuenta céntimos de peseta.

El dueño de la tienda señaló hacia uno de los rincones.

—Los céntimos antiguos están por allí —me indicó—. Tendrás que buscar un poco.

Y volvió a leer el libro.

Yo no me moví.

—En realidad, me estaba preguntando si podría ayudarme —dije.

El señor Sánchez dobló la esquina de la página que estaba leyendo, mordió el bocadillo y cerró el libro. Luego se limpió la boca con la manga de la chaqueta.

—No me suena tu cara. ¿Es la primera vez que vienes por aquí?

Asentí con la cabeza.

—Bueno, has venido al sitio adecuado. ¿Hace mucho que eres numismático?

—¿Numis... qué?

El dueño de la tienda soltó una sonora carcajada. Y al reírse vi que tenía un diente de oro.

—Numismático —repitió—. Significa experto en monedas.

—No, no soy numa... numis... un experto —contesté—. Soy detective. Me llamo Puzle. Estoy trabajando en un caso.

El señor Sánchez extendió el brazo para darme un apretón de manos.

—Encantado, Puzle —dijo—. ¿Qué puedo hacer por ti?

Le conté que los cincuenta céntimos que buscaba eran del año 1949.

—Es una moneda muy rara —añadí.

—¿Rara? Me parece que no tanto. Creo que tengo unas cuantas por aquí.

Sacó un pequeño libro de una de las estanterías. Se titulaba *Catálogo de monedas españolas y de la Unión Europea*.

—Vamos a ver —dijo—. ¿Sólo necesitas saber el precio? ¿O también te gustaría salir de aquí sabiendo algo más?

Dudé un instante.

—Sabiendo algo más, supongo —dije al final.

—¡Buen chico! Hay muchos tipos de coleccionistas, ¿sabes? Muchos jóvenes empiezan a coleccionar una serie. Es decir, eligen una moneda concreta, pongamos la de una peseta con la imagen de Juan Carlos I, e intentan coleccionar todas las monedas de este tipo de todos los años que se acuñó: 1975, 1980, 1984, etcétera.

»Otra manera de hacer una colección es

fijándote en su valor —continuó—. Por ejemplo, las monedas de cinco pesetas. Sin importar el año de acuñación, simplemente intentas conseguir un ejemplar de cada duro diferente que se hizo. Desde el primero, en 1868, hasta el cambio al euro en 2002.

Me rasqué la cabeza.

—¿Me estás siguiendo? —preguntó el señor Sánchez.

—Más o menos.

El hombre pasó el dedo por el índice del libro.

—Ahora bien. Una de cincuenta céntimos de peseta de las que tú buscas, de 1949, te costará entre uno y tres euros.

—¡Vaya! —exclamé—. ¡Más de un euro por una moneda de cincuenta céntimos de peseta!

De repente recordé que la moneda de Lucía tenía algo más. Consulté mis notas en el diario de detective.

—Tiene, también, una figura de un yugo y unas flechas, y está al revés —leí—. Las flechas apuntan hacia abajo.

—¡Ah, mira! —dijo el señor Sánchez, de repente, muy interesado—. Eso ya es otra cosa. Los cincuenta céntimos con las flechas invertidas sí que son un poco más raros. Ven, te voy a enseñar uno.

Sacó un llavero de una cajón y salió de detrás del mostrador. Se acercó a una de las vitrinas, la abrió y cogió una moneda.

—¿Lo ves? —dijo—. Las flechas están invertidas.

Tenía toda la razón. Las flechas apuntaban realmente hacia abajo.

—¿Y por qué las pusieron así? —pregunté.

—Por error. Es un defecto de la acuñación —me explicó el dueño de la tienda—. Ocurre de vez en cuando. Las monedas con defecto valen mucho más que las normales.

Consultó otra vez el libro.

—Los cincuenta céntimos con las flechas invertidas te pueden costar entre diez y treinta euros, dependiendo del estado de conservación.

Tragué saliva.

Volvió a sonar la campanilla de la puerta.

—Buenas tardes, Juan Carlos —saludó el señor Sánchez al nuevo cliente.

Oí el ruido de una bocina en la calle. Era, o bien mi hermano Jaime, o bien un pato muy mosqueado.

—Debo irme —dije—. Muchas gracias por la información.

—Vuelve siempre que quieras, detective —se despidió el señor Sánchez.

Me guiñó el ojo y vi otra vez brillar su diente de oro.

6. Palabras y frases

—¿Treinta euros? —gritó Mila—. ¿Por cincuenta céntimos de peseta?

Se suponía que estábamos allí, en el sótano de mi casa, haciendo los deberes. Pero, en realidad, estábamos repasando el caso.

Hay que tener en cuenta que todos los casos de detective son como puzles. En primer lugar, hay que colocar todas las piezas sobre la mesa. Y luego hay que ir encajándolas una por una.

—No me puedo creer que el padre de Lucía le dejara una moneda tan valiosa —dije.

—Es que él no lo sabe —respondió Mila—. Lucía se la llevó al cole sin pedir permiso.

Saqué el estuche de los rotuladores para dibujar a Lucía. Intenté que pareciera que estaba muy preocupada. Sin embargo, en el dibujo daba la impresión de estar a punto de vomitar. Pero no pasa nada. Es difícil dibujar a una persona.

Mi madre nos trajo la merienda. Galletas de Navidad, calentitas, recién salidas del horno.

—¿Qué tal los deberes? —nos preguntó.

—Muy bien, mamá —mentí cruzando los dedos.

Mila no dijo nada. Creo que fue eso lo que nos delató.

—Pues más os vale —dijo mi madre muy seria—. Se acabó el trabajo de detective por hoy. ¡A estudiar!

Nos dejó solos y subió la escalera.

Los deberes de todos los martes consistían en formar frases a partir de una lista de diez palabras, más otra a elegir entre cuatro palabras más. Las de hoy eran:

barrer	zapato
cerrar	encontrar
terminar	grande
habitación	agarrar
cosa	dientes

Luego, había que elegir la palabra adicional:

Papa Noel, regalos, peonza y velas.

Escribí mis frases despacio, una a una. La seño Margarita decía siempre que prestáramos mucha atención a la ortografía y la puntuación.

Mila miró lo que yo había escrito. Dijo que tenía varios errores.

—¿Quiénes son los sospechosos? —preguntó, de repente, volviendo al trabajo que realmente nos importaba.

No necesitaba mirar el diario de detective.

—Sólo hay uno —respondí—: Pedro.

—¿Alguna prueba?

—Ninguna.

Nos quedamos callados un momento. Luego, Mila se puso a cantar bajito:

> Mi moneda, mi moneda,
> ¿dónde está?, ¿dónde está?
> Pedro la tenía, ahora no la tiene.
> ¿Dónde está?

Desde luego, no era su mejor canción, y se lo dije. Al final me levanté de la silla.

—Sólo hay una cosa que podemos hacer —añadí decidido—. Mañana tenemos que registrar la habitación de Pedro. Tal vez tiene la moneda escondida.

—No sé, Puzle —contestó Mila—. ¿Cómo vamos a hacerlo?

—Ya veremos. Descuida, ya se me ocurrirá algo.

—Es eso lo que me da miedo —dijo Mila frunciendo el ceño.

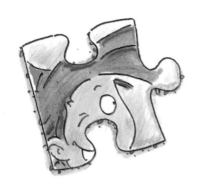

7. Misión peligrosa

El miércoles, después de clase, Mila y yo fuimos a casa de Pedro. Delante de la puerta, mi amiga respiró profundamente. Estábamos muy nerviosos.

—No te olvides de nuestro plan —dije antes de tocar el timbre.

Abrió la puerta el mismo Pedro.

—Hola —saludamos.

Se sorprendió mucho al vernos. Se quedó mirándonos sin decir nada.

—Em... ¿te importa si entramos un momento? —preguntó Mila.

—¡Mamá! —grito Pedro—. Han venido unos amigos. ¿Pueden pasar?

—¿Amigos? —oímos otro grito desde el fondo de la casa—. ¡Vale! ¡Pero diles que se quiten las botas!

—Mi madre está con los gemelos —nos explicó—. ¡Está siempre liada con ellos!

Nos quitamos las botas y las dejamos a la entrada. Mi dedo gordo estaba congelado. Tenía un agujero en el calcetín. Mucho más grande que el de la moneda de cincuenta céntimos.

—¿Podemos ir a tu habitación?

—Sí, supongo —dijo Pedro.

Le seguimos hasta una habitación pequeña. Las paredes estaban llenas de pósters de dinosaurios. El suelo estaba lleno también de figuritas de dinosaurios. Y había una caja de juguetes tan llena de dinosaurios que la tapa no cerraba bien.

Pedro se sentó en la cama.

—¿Qué pasa? —preguntó.

—He venido para disculparme —mentí cruzando los dedos a mi espalda.

No era cierto, pero algo tenía que decir.

—Fue sólo un malentendido —continué—. Nunca pretendí llamarte mentiroso.

Pedro se encogió de hombros y se quedó esperando.

—Fue sólo una pregunta —le expliqué.

—No soy tonto —respondió—. Seguís pensando que robé la moneda. Pero no lo hice.

Hubo un silencio que duró varios segundos, que me parecieron horas.

—No sabía que tenías hermanos gemelos —dijo Mila al final—. ¿Los puedo ver?

La cara de Pedro se iluminó.

—¡Desde luego! —dijo—. Ahora están comiendo. Es muy divertido verlos tirar cosas.

Ya en la puerta, se dio la vuelta y me preguntó:

—¿No vienes, Puzle?

—¿Puedo esperar aquí? Me gustaría mirar tus dinosaurios —contesté.

Pedro se encogió de hombros y salió con Mila. Me había quedado solo.

Primero miré en una cajonera. Es el escondite preferido donde muchos niños guardan sus tesoros. ¡Pero nada! Luego levanté el colchón. Allí encontré un *pachycephalosaurus* de plástico y una bolsa medio vacía de palomitas duras.

Finalmente me fui al armario. Revisé los bolsillos de su nuevo plumas. Los tenía llenos de basura: juguetes y envoltorios de caramelos y chicles, pero ninguna moneda. Al lado del anorak nuevo estaba el viejo. El que antes Pedro usaba todos los días. Era verde y estaba sucio y muy gastado. No era de extrañar que le hubieran comprado otro. Metí la mano en el bolsillo izquierdo. ¡Nada! La metí en el bolsillo derecho. Fruncí el ceño.

No me gustó lo que encontré: ¡un agujero! Y lo suficientemente grande como para perder una moneda.

Oí la voz de Mila por el pasillo. Hablaba muy alto a propósito. Lo hacía para avisarme.

—¡Qué guapos! —gritó.

Recogí del suelo un *brachiosaurus*. Pedro entró con una bolsa de gominolas. Mila me lanzó una mirada. Me pasé el dedo por la nariz. Era nuestra señal secreta.

Pedro no se enteró de nada.

8. Fatal

Mila me llamó por teléfono esa misma noche:

—Tenías razón. Lucía dice que Pedro llevaba puesto el anorak verde cuando le dio la moneda. Incluso recuerda que se la metió en el bolsillo derecho.

Le di las gracias y colgué.

Era verdad que tenía razón, pero hubiera preferido no tenerla. Me había equivocado en un montón de cosas, especialmente acerca de Pedro. Lo más probable es que la moneda se le hubiera caído del bolsillo. Me sentí fatal. No debía haber registrado su habitación. Le había mentido a él, y no él a mí. Pedro había dicho la verdad.

Al día siguiente me desperté de mal humor. En el autobús escolar no tenía ganas ni de hablar con Mila. Me llamó gruñón y se fue a sentar al lado de Vina.

En el patio del colegio vi a Pedro trabajando otra vez en el muñeco de nieve. Me preguntó si le podía ayudar. Le dije que en ese momento no me apetecía.

Cuando llegó la hora de contar cosas sobre las fiestas de invierno, Elena nos enseñó un candelabrojudío llamado *menorah*. Habló de los ocho días de *Januká*, la fiesta de las luces. Había traído unas galletas llamadas *latkes* preparadas por su madre, pero a mí no me gusta probar cosas nuevas.

Se parecían a una pequeña tortita, pero a mí no me podía engañar. Elena juró que sabían mejor si se les echaba compota de manzana. ¡Lo que me faltaba! Hasta un trozo de cartón sabría mejor que esa galleta si le echas compota de manzana.

Luego le tocó a Pjotr que es checo. Contó que en Nochebuena en su país solían cenar pescado: carpa.

—A mí, la verdad, me gustaría más si no tuviera tantas espinas —confesó—. También se preparan unos panes de Navidad con formas de animales. Y en cada uno se mete una moneda para que te dé suerte.

¡Dios mío! Parece que las monedas me persiguen.

Durante la hora de lectura, cuando estábamos sentados en círculo en el suelo de clase, la seño Margarita se enfadó conmigo e interrumpió el cuento. Dijo que no me estaba comportando como un caballero.

—Paulino, deja ya de moverte. Quiero que te sientes sobre tu trasero. Me parece que hoy te has dejado la cabeza en casa.

Solté un gruñido y me puse derecho.

—Si no eres capaz de quedarte quieto, tendrás que ir a ver al médico para que te ponga una cabeza nueva.

Todos se rieron. Yo me callé enfadado.

—Pobre Paulino —dijo la seño—. Creo

que deberías hacer algo para ver si te animas un poco.

—¡Tómate un café! —gritó Rafa.

Todos se rieron de nuevo. Incluso Mila. ¡Yo no!

Después de comer, construimos móviles. No para llamar por teléfono, sino para colgar del techo. Eran muñecos de nieve de cartulina blanca. Me hizo sentir un poco mejor. Supongo que me había aburrido ya de estar de mal humor. Así que por fin me animé.

Para poder hacer los móviles, primero tuvimos que medir la cartulina. Después recortamos tres pares de círculos. Dos de cuatro centímetros de diámetro, dos de seis y dos de ocho. En uno de los círculos pequeños dibujé una cara y en otro de los medianos pinté tres botones negros.

Luego, pegamos un círculo de cada tamaño en un hilo largo, con cinta adhesiva. Usé hilo verde porque ya casi estábamos en Navidad. La seño nos dijo que dejáramos un poco de espacio entre un círculo y otro. Después, pegamos

los otros círculos con cola blanca. La seño Margarita tenía pre parados diferentes tipos de sombreros, gorras y gorros: gorras de béisbol, sombreros de copa o con flores, gorros de esquí con borla, y muchos más. Escogí una gorra azul y la pegué en la cabeza del muñeco.

¡Estupendo! ¡Le gustará a mi madre!

Y en ese preciso momento se me ocurrió una solución.

«¡Pling!» Cayó como un rayo. ¡Una idea genial!

Cuando Pedro estaba haciendo el muñeco de nieve, Lucía le dio la moneda. Lo más probable es que se le cayera allí mismo. Luego recordé otra cosa. Mientras Mila y yo hablábamos con Pedro, él no dejó de poner bolas de nieve al muñeco. En realidad, trabajaba sin prestar mucha atención. Podría haber recogido la moneda del suelo, junto con la nieve, sin darse cuenta.

«¡Eso es!», pensé. La moneda debía de estar dentro del muñeco de nieve.

9. La muerte del muñeco de nieve

A Pedro no le hizo ninguna gracia mi genial idea.

—Ni hablar —dijo convencido—. No lo voy a destruir. Lo necesito para el concurso de talentos de mañana.

—Piensa un poco en Lucía —dijo Mila—. Se pondrá muy contenta si encontramos la moneda.

Pedro se puso a pensar.

—Incluso creerá que eres un héroe —dije.

—¿Un héroe?

—Sí, como Hércules.

Pedro siguió pensando. Luego miró fijamente el muñeco de nieve durante un buen rato.

—De acuerdo —dijo finalmente—. Si no me queda más remedio lo haré.

Después de clase, nos reunimos los tres delante del muñeco de nieve. Lo fuimos deshaciendo poco a poco. Con mucho cuidado,

revisamos cada puñado de nieve. Después de un rato, el muñeco había perdido la cabeza. Luego, continuamos con la tripa, y finalmente nos concentramos en la base. Encontramos piedrecillas. Encontramos ramitas. Pero no encontramos ninguna moneda. ¡Vaya una idea genial! Acabamos cansadísimos y muy tristes.

Empezaba a hacerse de noche. Mila dio una palmadita en el hombro a Pedro.

—Anímate —dijo—. Al menos lo hemos intentado.

Pedro la miró con ojos tristes. Luego me miró a mí. Al final bajó la cabeza, soltó un suspiro y comenzó a caminar en dirección a su casa.

Ni siquiera se despidió de nosotros.

Esa noche, acostado en mi cama, no conseguía dejar de pensar. Al final me incorporé y encendí la luz. Saqué el diario de detective.

Guardado entre las páginas, estaba el billete de cinco euros. Lo puse encima de la mesilla de noche. Si no encontraba ya la solución, tendría que devolver el dinero a Lucía.

Pero el mejor detective de todo tercero no podía rendirse tan fácilmente. Todos los casos tienen una solución. Sólo necesitaba dar con la pista adecuada.

Mi madre suele decir que si das demasiadas vueltas a un problema, la cosa sólo empeora más. Así que intenté no pensar. Pero eso era prácticamente imposible. Intenté no pensar en muchas cosas diferentes. Intenté no pensar ni en Pedro, ni en Lucía, ni en el muñeco de nieve, ni en la moneda desaparecida. Al final, intenté no pensar tampoco en mis palabras de los deberes: **zapato, cerrar, grande, encontrar, barrer.**

Me incorporé de golpe. ¡Eso es! Tenía la solución delante de las narices: ¡en los deberes de clase!

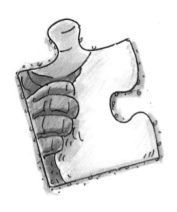

10. Una última esperanza

El viernes por la mañana, en el autobús, enseñé a Mila la hoja de los deberes de hace unos días.

—Mira —le dije—. Aquí está la pista que nos faltaba.

Mila sacudió la cabeza.

—No lo entiendo, Puzle —respondió—. Son tus deberes.

—Fíjate ahí —insistí señalando la palabra «barrer»—. Mira la frase que escribí.

Me gusta BARRER.

—¿Y? —preguntó Mila haciendo una mueca.

—Ahora mira la frase con «encontrar».

Me gusta ENCONTRAR pistas.

Mila se cruzó de brazos. Se balanceó hacia delante y hacia atrás. Lo hacía siempre que quería concentrarse en algo.

—Lo siento, Puzle —dijo después de un rato—. Sigo sin pillarlo.

—Voy a ayudarte a hacer las conexiones —dije—. Hace unos días tuvimos que hacer un problema de matemáticas en el que salía un bedel de un colegio, ¿te acuerdas? Eso me hizo pensar en el señor Martínez, y en que siempre encuentra cosas.

Mila asintió con la cabeza.

—Luego pensé en las frases de los deberes: «barrer, encontrar...»

A Mila se le iluminó la cara.

—¿No pensarás que...? —exclamó.

—Eso es exactamente lo que pienso. Tal vez, a lo mejor, es posible que Pedro haya perdido la moneda dentro del edificio.

—Y tal vez —añadió Mila—, el señor Martínez la haya encontrado barriendo el suelo.

Fuimos corriendo hacia nuestra clase. La seño Margarita estaba en la puerta. No era el mejor sitio para quedarse parada. Casi la tiramos al suelo.

—Eh, vosotros dos, más despacio —nos regañó—. No estamos en las Olimpiadas.

—¡Ay, perdone! —me disculpé—. Estábamos buscando al señor Martínez. Es una megaurgencia.

—¿Una urgencia? —preguntó—. ¿Se han vuelto a inundar los servicios de chicos?

—No, peor —susurré—. Pero no se lo podemos decir ahora. Es un secreto.

La seño se acercó al interruptor de la luz y la encendió y apagó varias veces.

—Chicos y chicas —dijo en voz alta—. Escuchadme todos. Voy a contar hasta cinco. Cuando acabe quiero que estéis sentados. Uno. Dos. Tres. Cuatro. Cinco.

Cuando todo el mundo estuvo en su sitio, la seño Margarita sonrió.

—Ahora, sacad los libros y leed en silencio. Voy a estar justo detrás de la puerta.

En el pasillo, la seño nos miró fijamente a Mila y a mí.

—Venga, soltadlo.

Le contamos toda la historia de la moneda desaparecida. Le hablamos de Pedro y del agujero en el bolsillo. Y de la destrucción del muñeco de nieve.

—El señor Martínez es nuestra última esperanza —dije al final.

La seño Margarita respiró profundamente. Era una buena señal. Siempre soltaba un suspiro antes de decir que sí.

—No tardéis mucho —dijo—. No podemos hacer la fiesta sin vosotros.

Y salimos corriendo por el pasillo.

Cruzamos todos los dedos, incluso los pulgares. Antes de llegar al despacho del señor Martínez, le oímos silbar la melodía de *Los peces en el río*.

Llamamos a la puerta.

—¡Adelante! —gritó.

—Señor Martínez —dije despacio—. ¿No habrá encontrado usted, por casualidad, una moneda en el suelo?

Abrió un cajón y sacó un pesado frasco de vidrio.

—Suelo encontrar monedas cada día. Especialmente en la cafetería. Las meto todas en este frasco.

Luego señaló una caja de cartón.

—Y también encuentro juguetes, bufandas, guantes, pelotas de tenis, cualquier cosa. A veces, incluso, jerséis. Lo guardo todo aquí.

Apenas le presté atención porque me puse a mirar en el frasco de vidrio. Estaba hasta arriba de monedas.

—Lo guardo todo —explicó—. Y al final del curso lo llevo al orfanato. El dinero y las cosas que encuentro no me pertenecen, y de este modo sirven para algo.

Señaló con la cabeza hacia el frasco.

—Adelante, chicos —añadió—. Si habéis perdido una moneda, os dejo coger otra, la que queráis. ¿De cuánto era? ¿De diez céntimos? ¿De veinte?

Le dijimos que era de cincuenta, pero no de euro, sino de peseta. Y que eran de 1949 y con un fallo de acuñación.

El señor Martínez se quedó pasmado.

Vació el frasco sobre la mesa.

—¡Suerte, chicos! —nos animó—. Una moneda de esas vale muchos euros.

11. El asombroso Nino Puzle

Fue increíble: Mila la encontró. Y es que tiene una vista buenísima. El señor Martínez la examinó bajo la luz del flexo. Soltó un silbido de asombro.

—Está un poco rayada —dijo—. Pero aparte de eso, se conserva muy bien. Toma, supongo que es tuya.

Me dio la moneda. Y no sé por qué hice lo que después hice.

Metí la mano en el bolsillo y saqué el billete de cinco euros de Lucía. Miré el frasco de vidrio. Miré a Mila. Parecía que me había leído el pensamiento. Asintió con la cabeza.

—Está bien, Puzle, hazlo —me animó—.

Estamos en Navidad. Es la época en la que se hacen regalos.

Así que metí el acueducto en el frasco.

No se oyó ninguna trompeta. No cantó ningún pájaro. No hubo ningún ángel diciendo mi nombre. No pasó nada en absoluto. Nada, supongo, aparte de que me quedé con cinco euros menos.

Pero me sentí bien. Como si hubiera hecho lo adecuado.

Volvimos al aula 201. Llegamos justo a tiempo para ver al último participante del concurso de talentos. Era José vestido de karateka. Llevaba pantalón y chaqueta blancos, y un cinturón naranja. Llamaba traje a esa ropa. Yo hubiera dicho que era un pijama, pero me quedé callado. No tenía importancia.

José hizo todo tipo de movimientos raros, con las manos y con los pies. Cada uno tenía su nombre, pero no me acuerdo de ninguno. En un momento dado, se acercó mucho a la mesa de la seño y «¡Plaf!», dio bastante fuerte con la mano en la madera. José ni lloró ni nada, pero le debió de doler bastante.

De todas formas, nos gustó lo que hizo y le dimos un fuerte aplauso.

Cuando las cosas se calmaron un poco, la seño se acercó a nuestra mesa.

—¿Ha habido suerte? —nos preguntó.

Sonreí y me pasé el dedo por la nariz. Era una señal secreta, pero la seño Margarita parecía haber entendido.

—¿Puedo salir yo ahora? —pregunté.

La seño asintió y me puse delante de toda la clase.

—¡Bienvenidos, señoras y señores! —dije en voz alta—. Me llaman el «Asombroso Nino Puzle» y voy a sorprenderles con un truco.

Exageré un montón.

—Sin decir ni una palabra —continué—, haré que Lucía salte y grite.

Lucía me miró atónita. Le guiñé el ojo.

—Lucía, ven aquí, por favor.

Ella se levantó y se puso a mi lado.

—¿Qué pasa? —me susurró al oído.

No le contesté. Me arremangué y extendí los brazos. Luego saqué algo del bolsillo y lo puse en su mano. Lo miró. Eran los cincuenta céntimos con las flechas invertidas.

Como había previsto, Lucía realmente saltó de alegría y gritó. Incluso bailó. Luego nos dio un abrazo a mí, a Mila y a Pedro.

Supongo que al final yo también tenía un talento especial.

Después empezamos a repartir los regalos.

Un rato más tarde vi que la seño estaba hablando con Pedro en voz baja. Pedro parecía estar un poco triste. La seño miró el reloj y siguieron hablando un poco más. De repente, a Pedro le cambió la cara y sonrió.

La seño Margarita apagó y encendió las luces para que le prestáramos atención. Dijo que se le acababa de ocurrir una idea genial.

Todos aplaudimos como locos al oírla. En un abrir y cerrar de ojos nos pusimos los abrigos de invierno.

—¿No es divertido? —exclamó la seño—. ¡No se me ocurre una manera mejor de terminar las clases antes de las vacaciones!

Fuimos todos hacia el patio de recreo. Cantamos villancicos, hicimos un poco el tonto y nos reímos como locos.

«¡Plof!» Una bola de nieve me golpeó la espalda.

—¡En el blanco! —gritó Pedro.

Lo miré y me reí. No me importaba. ¿Qué podía hacer? Si Pedro veía nieve, tenía que hacer bolas. Y si las hacía, bueno, las tenía que tirar. Supongo que no era culpa suya que yo fuera un blanco tan perfecto.

—Chicos y chicas, vamos a empezar —gritó la seño—. Vamos a hacer el muñeco de nieve más grande y más bonito de todos los tiempos.

¡Y así fue! Hasta Pedro lo reconoció.

—¡Menudo muñeco de nieve! —dije.

—¡Desde luego! No está nada mal —respondió Pedro y, sin mirarme a los ojos, añadió—: Gracias.

Le ofrecí la mano:

—¿Amigos?

—Amigos.

Y luego hizo algo que no me esperaba.

El grandullón me dio un abrazo.

¡Madre mía!